KB263190

별빛 속으로

수련 서인자

오선문예

시인의 말

조용한 밤 가만히 마음을 들여다보며 차오르는 생각들을
한 줄 한 줄 적어 내려갔다 그렇게 쌓인 나의 감정과 이
야기가 이제 한 권의 벅참이 교차한다 나의 시가 누군가
의 마음을 두드리고 작은 위로나 기쁨이 되길 소망한다
오래도록 내 안에 머물렀던 시들이 이 세상에 따뜻한 울
림이 될 수 있기를 꿈꾼다 그리고 이 모든 과정에 함께해
준 소중한 이들에게 고마움을 전하며 앞으로도 나는 나만
의 시선으로 세상을 담고 시로써 이야기를 나누고 싶다
이제 시작이다

수련 서인자 시인

목차

푸른 빛을 찾아서 ·················**33**

애틋한 나의 가족

어머니의 사랑

다정한 음성이 귓가에 맴도는 어머니
그리움 속에 피어나는 당신의 미소는
내 마음의 안식처
어딜 가도 지울 수 없는 사랑의 빛

어머니의 손길에 담긴 수많은 이야기들
밤하늘의 별처럼 빛나는 기억들
차가운 겨울밤 당신의 품은
내가 세상과 맞서
싸울 수 있게 해준 방패입니다

어머니 당신의 사랑
어디에 있든 내 마음속에 항상
당신이 함께함을 느낍니다
계절이 흐르고 세상이 변해도
변하지 않은 깊은 바다입니다

작은언니

하늘나라로 보내버린 그 순간
실감이 나지 않아
믿어지지가 않아
아니야 그럴 리가 없어
사실을 받아들일 수 없어
눈물로 화장터를 따라갔지

그렇게 귀엽고 함박꽃처럼 다정한
언니는 활활 타오르는 화로 속에서
오직 한 줌의 재로 변해버렸어
이렇게 허무하게 사라지는 거야
울며 외쳐보지만
아무런 답도 없는 그 땅 아래 묻혀버렸어

너무나도 허무한
이 현실 속에서 이제는
나도 주변을 정리하며
언제든 덧없이 가더라도
후회 없이 살도록
욕심부터 내려놓아야겠다

우리 손자 손녀

의젓하고 똑똑한 우리 손자
사과같이 어여쁜 볼을 가진
귀여운 우리 손녀
이 세상에 무엇과도 바꿀 수 없는
사랑하는 우리 아이들

반짝이고 초롱초롱한 눈망울을
마주보면 저절로 미소짓게 되고
앵두 같은 입술로 재잘 되면
나도 몰래 긍정으로 끄덕이게 된다

탄생으로서 기쁨과 행복을
안겨주고 표정 하나하나에
행복과 애처로움이 교차해진다

방실방실 웃어도 예쁘고
삐죽거리며 눈물지어도 이쁘고
사랑하는 우리
손자 손녀야
건강하게 자라거라

우리 이쁜 손녀

동생이 던진 소주병에
발을 다친 우리 깜찍하고 이쁜 손녀
병원에 입원해서도
주사가 무섭고
상처의 소독이 아파도
단 한 번도 동생 원망 안한
의젓한 일곱 살 우리 공주

할머니 내가 다치길 잘했어
우리 아기가 다쳤음 어쩔 뻔했어 라고
어른 같은 말을 하면서도
안 밟을 걸 그랬어 한다

어린 게 고생하는 게
너무 마음이 아프다
지유야 조심하자
그리고
지금처럼 예쁜 마음으로
잘 자라라

할머니는 잊지 않을 게
지유가 할머니 사랑하는 거

손자 지환이

네 살 손자 지환이
하루가 다르게
의젓해지고 귀여워진다
말이 점점 늘어가서
정확한 발음이 안 나와서
못 알아들으면 답답한지
소리를 지른다
그 모습도 귀여워 웃음이 난다
친구들에게 양보할 줄도 알아가고
할미 할미 하는 게 너무 예쁘다
어른들 대화도 알아듣고
끼고 싶어서 장단을 한다
혼자서 밥도 잘 먹고
나무랄 데가 없다
티브 시청 땜에 누나하고
티각 대지만 금방 풀려서
누나하고. 사이가 좋다
귀여운 지환아
무럭무럭 건강하게 자라거라

행복

입가에 피어난 미소 하나 담아
세상을 바라보라
타협할 수 없는 삶의
무게 속에서도
그 행복에 의지해 보라

저 언덕 너머 고단한 손이
그대를 감싸안을 때
행복한 기억들이 되살아나
그대 영혼에 안겨 보라

슬픔이 온몸을 에워싸도
그 슬픔의 주인이 되지 말고
희망의 아침을 맞이하며
그 행복에 기대어보자

조금 더 감정의 깊이를 더해
행복한 작은 순간들을 느껴보고
그 소중한 떨림 속에
삶의 진정한 의미가 있을지니

내 삶의 의미

내가 살아가는 이유는
사랑하는 가족들을
위해서 이 세상에 존재하며
내 삶과 내 인생을 바치며
오늘도 즐겁게 앞만 보고
살아가고 있다

햇살처럼 따뜻한 그들의 미소가
내 가슴속 스며들어
희망의 불씨를 지핀다
모든 어려움 속에서도
그들을 위해 나아가려 한다

서로의 손을 맞잡고
추억을 쌓으며
사랑의 이야기를 쓰는
소중한 이 순간들이
내 삶의 의미가 된다
힘든 날도 있겠지만

결코 혼자가 아닌
가족이라는 든든한 울타리 속에
서로에게 힘이 되어주며
나는 오늘도 더욱 열심히
살아가고 있다

요양원

아프지 않기를 바라지만
몸이 불편해 머무는 곳
가족이 돌볼 수 없어
요양원에 모셔놓고
안타까운 마음이 드네

따뜻한 햇살
창문 너머로 비추고
손때 묻은 의자에 앉아
조용히 지나가는 시간을 본다
한때는 강하셨던 모습
이젠 잔잔한 돌담처럼
그 모습에 마음이 아프네

다정한 목소리들
때때로 웃음도 있지만
혼자라는 고독이
가슴 깊이 스며드는 곳
사랑하던 가족의 얼굴이

문틈 사이로 떠올라
그리움이 가득 차오르네

건강을 기원하며
모두가 행복하길
바라는 마음으로
조용히 기도한다

바램

건강하고 행복하게
살고 싶은 이 마음
매일 아침 눈을 뜰 때마다
새로운 하루를 맞이하는 기쁨
작은 일상 속에서 느끼는 행복
그 모든 것들이 소중하다는 걸
깨닫게 해준다

사소한 것에 감사하며
내 몸과 마음을 돌보는 습관
그 속에서 진정한 나를 찾고
조화로운 삶을 누리고 싶다

행복은 먼 곳에 있는 것이 아니라
가까운 곳에서
사랑하는 사람들과의 순간들
마음의 여유를 가지는 것
나 자신을 긍정하는 것에서
피어나는 꽃이다

아버지의 고독한 삶

근엄한 표정 속에 숨겨진
깊은 바다 같은 마음
무뚝뚝한 말투 속에서도
가슴속의 사랑이 뚝뚝 떨어지네

그 무엇보다 소중한 가정
그 향한 책임감 힘들고
고된 날들 속에서도
늘 힘찬 발걸음으로 나아가네

이제는 내 마음속에
당신의 모습이 새겨져
바람에 실려 온 당신의 그늘
세상의 모든 사랑을
품고 있음을 알아

아버지 당신의 한 마디는
무한한 힘이 되어 나를 세우고
무뚝뚝함 속에 감춰진
다정함이 내 삶의 길잡이가 되었네

별빛 같은 사랑

사랑

무지개 같은 마음으로
기다리는 마음
숨 쉬는 공간과 시간에
떠오르는 모습
눈을 감으면
그대의 아름다운 미소
내 마음은 행복에 젖어
꿈길을 걸어가네

산골 마을

적막한 산골마을에
땅거미가 내려오면
안개처럼 정적만이 가득하다
날개 접은 산새들
둥지 위로 기어들고
들판에서 띄어놀던
어린 송아지와 강아지도
밤의 안식에 몸을 맡긴다
일에 지친 농부들
평온하게 꿈나라로 향하고
인정 많은 개구리들
목청 높여 자장가를 불러준다

여름날의 소나기

똑똑 창문을 두드리는
여름날의 소나기

반가운 손님이 오셨나
창문 열어 바라보니
빗줄기만 세차게
휘몰아쳐오네

우르 꽝 우르르 꽝꽝
번쩍번쩍

하늘이 무너질까
두렵게 만드는
폭풍 같은
여름날의 소나기

나의 마음을 펼친다
내 사랑 이 마음
모두 담아 그대에게
영원히 함께하고 싶다

그리운 이여

그리움은 별빛처럼
무수한 밤을 지나
또 다시 찾아오는
추억의 미소

내 마음속의
코스모스
바람에 흔들리며
자유롭게 피어
흘러가는 시간 속에
고요한 기억을 담는다
그리운 이여
내가 너를 잊지 않기를

나의 주님이시여

은혜로운 주님
항상 감사합니다
믿음도 별로 없는
가엾은 어린양을
항상 사랑으로 감싸 주셔서
감사합니다

다음 주에는 꼭 가야지
하면서 매번 미루고
난 지금 방학이야
하면서 나의 위안으로
주일을 못 지켜도
내 마음속에는
항상 주님이 계신다고 말하는
자만과 위선으로 가득찬
이 못난 양을 용서해주세요

앞으로는 주님만 섬기는
주님의 자녀로 살아가도록
노력하겠습니다 감사합니다

라일락 꽃 그대

라일락 향이
은은히 스며드는
봄빛 같은 그대
그 고운 미소는 오늘도
피어났을까요

햇살도 잠시 머무를 듯한
당신의 하루가 따뜻하고
행복하시기를 빕니다

바람에 실려오는
꽃잎 하나에도
그대의 숨결이 담긴 듯하여
오늘도 조용히
그대의 안부를 묻습니다

운명의 실타래

너와 나의 만남이
너와 나의 인연이
망각의 강이 흐르고
세월의 나래는 멀리 날아가도
죽어도 헤어질 수 없는
운명의 실타래로 얽혀 있다

마치 별들이 하늘에서
서로를 그리워하는 듯
우리의 마음은
끊임없이 이어진다
시간이 흘러도
그리움은 변치 않고
영원히 함께하는 길을 걷는다

별빛 속의 속삭임

밤하늘의 별빛 아래
너의 이름을 속삭인다
차가운 바람에 실려
그리움이 내 마음을 스친다

빛나는 별들은
우리의 기억을 비추고
그 속에서 너의 미소가
사라진 아침을 기다린다

어둠 속에 촉촉한 눈물이
별들의 노래로 흘러내리고
내 마음의 고백이
그대에게 닿기를 바랄 뿐

길 잃은 별처럼
나는 너를 그리움으로 찾고
달빛 아래 홀로 서서
너의 따뜻한 온기를 꿈꾼다

이 밤이 지나면
너를 다시 만날 수 있을까
별빛 속에 피어나는
우리의 이야기를 들려 주렴

회상

한적한 술집
낭만처럼 흐르는
추억 속의 음악
감미로운 음율 속에
내 마음 회상에 잠겨본다

회상의 언덕 너머
작은 뭉게구름 속
그리운 얼굴
애잔한 그리움에
마음이 아려온다

홀로 떠나는 여행

여행하는 걸 좋아하는 나 자유로움 속에서 자신을 만난다
같은 곳이라도 그 기억을 새롭게 새긴다

봄이면 꽃들이 만개하는 모습을 바라보며 느리게 즐기는
기분을 만끽하며

여름이면 광열한 태양과 시원한 바람이 어우러져
상쾌한 마음을 선사하며

가을이면 단풍진 산길을 걸으며 고요한 숲속에서 이따금
들려오는 바람소리가 내 마음속 깊은 곳에 스며들어 삶의
소중함을 느낀다

겨울이면 우아한 설경 속에
마치 세상이 나만을 위해
준비한 것처럼 부드럽고
잔잔해 마음에 평화를 얻는다

배드민턴

오늘도 어김없이
운동하러 모였다
인이야 아웃이야
티격태격 하면서
지기도 하고
이기기도 하면서
하루를 즐긴다

이보다 더 좋은
운동이 있을까
나의 삶에
또 하나의 즐거움이다

식사도 하고
차도 마시며
같이 어울려서 운동하는
님들이 너무 고맙다
정말 감사하다

난타

덩다가 다 덩따
덩다가 다 덩따
혼자서 읊조리며
난타 교실로 간다
회원들과 모여서
북을 치는 게 즐겁다
어떤 때는 어려워서
스트레스도 있지만
반복적으로 하다 보면
어느새 다 습득한다
꽝꽝 짝짝
두들기다 보면 신이 난다
뮤직 타도 즐겁고
리듬 박도 나름대로 멋지다
누가 대신 살아주지 않은 인생
이렇게 즐겁게
감사하며 살아가련다

난타공연

무대 위 조명이 아른아른 빛나고
가슴속에 뛰는 리듬이 느껴질 때

얼굴에 화장을 하고 마음
단단히 다잡는다
강렬한 색깔의 분장이 내 피부를 감싸고 곧 하나의 예술이
되리라는 기대에
가슴이 설렌다

내 손에 쥔 장단은 살아 숨쉬고
관객들의 열띤 호응이 힘이 된다
관객의 미소 손뼉치는 소리
이 순간 모두의 영혼을 흔드는
난타의 주인공이 된다

배드민턴 경기

시합이 다가오는 날
가슴속의 떨림을 가라앉히며
한발 내딛는 순간 최선을
다하리라 마음 먹는다

이기는 기쁨도
지는 아쉬움도 모두가
나의 소중한 경험이 되어
코트 위에서 땀을 흘리며
함께 하는 즐거움이 더 크니까

결국 이 운동은 승패의 잣대가 아닌
그 과정 속에서 얻게 되는 즐거움과 열정을 나누는 일이기에

내고향 월호방죽

그리운 고향
빛나던 유년시절
낭만과 센티로
문학을 꿈꾸었던
나의 소중한 고향
월호 방죽
맑은 물에 머리도 감고
친구들과 조개 잡고
행복에 젖어있는 저수지
높디높은 둑에는
푸른 잔디와
쑥나물들이 지천으로
자라고 있고
눈망울이 어여쁜
어린 송아지가 노리던
그 아름다운 저수지가
이제는 연꽃이 피어나고
흙탕물로 변해있어
나무나 가슴 아픈
흘러가는 세월이 야속하다

푸른 빛을 찾아서

태안바다

지평선이 보이지 않은
넓은 바다
썰물이 빠져나간
자리에 조개와 게 등
작은 생명체들의
훌륭한 놀이터이다
분주히 움직이며
작은 성들을 쌓기도 하고
멋진 왕국을 만들기도 한다
밀물이 밀고 들어와서
성들은 무너졌지만
따뜻한 물속에서
안식처를 찾아서 기어든다
매일 반복되는 일상이지만
그 안에서 조개와 게 등
작은 생물체들은
하루하루를
즐기며 살아간다

단양 페러 글라이딩

구름 한 점 없이 맑은 단양
눈이 부시도록 예쁜
파아란 가을 하늘
산들거리는 바람에
몸을 맡기고
둥실둥실 떠다니는
패러글라이딩

발 아래 펼쳐지는
풍경은
어떤 모습일까
행복한 상상은
내 마음 벌써
한 마리 새가 되어
훨훨 날아오른다

꿈꾸는 언덕

언덕에 올라
바람에 실려 오는 꿈의 속삭임
하늘 높이 펼쳐진 꿈의 날개
나는 그곳에서 다시 날아오르리라

햇살의 따스함
모든 순간이 반짝이는 보석처럼
짙은 녹색의 나뭇잎 사이로
소중한 추억들이 춤추고 있다

저 멀리 수평선이 물드는
노을빛에 물들어 가는 세상
내 가슴속에 숨겨둔 이야기들
여기서 새로운 시작을 꿈꾸리라

끝없이 펼쳐진 하늘 아래
나의 꿈을 그리고 나의 언덕을
끝없이 사랑하며 살아가야지
이 아름다운 날에 영원히

깊은 바람에 노래

높은 하늘 아래 바람이 속삭인다
잔잔한 물결 따라 흘러가는 노래
그리운 들판의 이야기
과거와 현재가 손을 잡고 춤춘다

은은한 햇살에 씻긴 기억
가벼운 풀잎은 고요히 흔들리고
바람은 깊은 곳에서 솟아나
심연의 음색을 세상에 퍼뜨린다

모든 생명이 숨 쉬는 순간
작은 새의 날갯짓
그 곁에서 느끼는 평화
우리의 마음을 어루만진다

눈을 감고 귀를 기울여라
자연의 선율이 멀리서 온다
깊은 바람이 전하는
우리 이야기를 잊지 않으리라
그 안에서 우리 함께 노래하리라

아기새

스쳐가는 바람에
귀여운 아기새 한 마리가
떨어졌다
짹짹대며 작은 몸을
뒤뚱거리며 걸음을 옮긴다
아직 날갯짓도 못하고
어쩌다 걷더라도 제자리다

안쓰러운 마음에
부드러운 풀밭으로 옮겨주었다
살아 있을까
걱정이 된다
살아 있길
예쁜 목청으로
노래하길 바란다

나이 든다는 건

내 마음은 젊은데
아름답게 나이 들고 싶어
살랑이는 시간의 흐름 속에 흩어진
추억의 조각들을 소중히 모아
그윽한 향기를 가슴에 품고

자연의 품에서 계절을 느끼고 싶어
봄의 푸르름과 여름의 열정
가을의 여유와 겨울의 지혜
모든 순간이 내 안에서 어우러지며

시간의 흔적을 품에 안고
낡은 사진처럼 소중한 기억들을 담아
지나온 길을 되돌아보며 웃을 수 있게
그 순간들이 나를 더욱 빛나게 하리라
젊은 마음으로 세상의 변화에 발 맞추고
더욱 넓은 시선으로 삶을 바라보아
순간이 마치 한 편의 시처럼
영원히 나를 따뜻하게 감싸 줄
사랑과 희망의 흔적들을 잊지 않고
소중히 쌓아가고 싶어
더욱 빛나는 내일을 위해서

파랑새

희망의 그림자 파랑새
그날의 꿈을 품고
구름 위를 수놓아 가네

찬란한 빛을 흩뿌리며
어디서든 불어오는
솔바람처럼
외로운 맘에
따스한 위로를 전하며

상처받은 날갯짓에도
새로운 날이 온다고
희망의 노래를 울려
잃어버린 열정을 찾아서

그대의 길을 밝혀주는
작은 빛 파랑새여
내 마음의 속삭임이
영원히 함께하자

삶

매일매일 떠나는
멀고도 긴 여행
한 올 한 올 엉킨
실타래를 풀어가듯
서툴고 미숙하지만
지는 해를 따라서
하염없이 가고 있다
종착역이 어디쯤일까

다시 돌아올 줄 알았지만
아무도 대신할 수 없는
나만의 일생

인생이란

하늘을 떠도는
한 조각 구름처럼
바람따라 흘러가다
비를 만나 부서지고
흩어짐의 아픔이 있지만

앞날을 생각하며
행복을 꿈꾸고
열심히 노력하나
마음대로 되지 않는
그것이 인생의 한 페이지

희망의 빛을 찾아
고난을 이겨내며
우리의 여정은 계속된다
그러니 다시 일어나
꿈을 위해 나아가자

무제

잡을 수 없는 시간의 흐름 속에서
흘러가는 나이만 쌓여가고
이 삶은 과연 누구를 위한 것인가
무엇을 위해 오늘을 살아가고 있을까

보람 있는 삶을 원했건만
내 마음 깊숙이 숨겨진 진실과
마주해야 할 때가 왔음을 느낀다
성실하고 진실한 나로 살아가야겠다

이제는 나 자신에게 솔직하게
움직이는 모든 순간에 의미를 부여하며
내 안의 목소리를 듣고자 한다
삶의 가치를 새롭게 발견하며
또 다른 나를 잉태하는 여정을 시작하리라

겨울 산길

추억과 상처의 껍질들이
흩어진 겨울 산길에
자만과 화려함으로
가득했던 초목들이
앙상한 가지만 남아
지난 시간들을 그리워하며
고개를 도리질하며
아픔을 삼킨다
인정 많은 바람이
부드러운 손길로 어루만져 준다

솔잎 향기 그윽한
적막한 산골
친구 만난 까치는
기쁨에 겨워 즐겁게 노래한다

가을비

속절없이 내리는 비
무슨 사연이 있길래
하염없이 내리는가
가을의 사색을 담고
낭만을 속삭이며
동장군의 행진을 맞이하려는가

가을비는 심술쟁이
우리 아가 볼 같이
어여쁜 단풍들을
남김없이 떨어뜨리면서
모른 척 새침떼는
야속한 비

그 바람에 실려오는
가을의 깊은 한숨
쓸쓸함에 젖어든
나뭇잎들의 춤사위
한 발짝씩 다가오는
겨울을 위한 준비로
가을의 추억을 씻어내는구나

귀뚜라미

딱딱하고 차가운
시멘트 보도 위에
어디서 나왔나
귀뚜라미 한 마리

콧수염을 흠흠 대며
무얼 찾고 있는 걸까

감미롭고 정겨운
고향의 흙냄새를
찾아다니고 있나 보다

산골마을

적막한 산골마을에
땅거미가 내려오면
안개처럼 정적만이 가득하다
날개 접은 산새들
둥지 위로 뛰어놀던
어린 송아지와 강아지도
밤의 안식에 몸을 맡긴다
일에 지친 농부들
평온하게 꿈나라로 향하고
인정 많은 개구리들
목청 높여 자장가를 불러준다

시월의 마지막밤

황금물결이 사라진
텅 빈 들판에
무리지어 휘날리는
은갈색의 억새들

길가에 코스모스
바람에 하늘거리고
어여쁜 단풍이
붉게 물들이고

환상의 가을 예쁜 이 계절이
물러가고 낙엽지는 초겨울
문턱에 들어서는
시월의 마지막 밤이
인생의 희로애락
같아서 서글퍼진다

계곡

돌 틈으로 굽이굽이
흐르는 수정처럼
맑은 물에 발을 담그니
시원함을 넘어 차가워
작은 돌 큰 돌
앙증맞고 예쁘다

다람쥐 가족이 물을 마시고
산토끼가 이 돌 저 돌 사이
뛰어다니는 그림을 그려본다
우렁찬 물소리가 오히려
깊은 생각을 깨우지만
복잡한 일상을 잊어버리고
오후의 상념에 휴식을 담아본다

고독

고독한 이만이
들을 수 있는 작은 울림
앞이 보이지 않는 길 위에서
고통에 몸부림칠 때

바람에 흘러가는 먼지는
모든 걸 마치고 돌아서는
오래된 영혼의 그림자
아쉬움 없이 자유롭게 날릴 때
비로소 나를 찾아
떠날 수 있다면
떠남은 살아있음을 의미한다

추억

지나간 세월 뒤돌아보면
귀하고 귀한
추억의 사연들이
책갈피 속에 숨어있다

꺼내어 보면
한 장 한 장 소중한
나의 지난 시간들
아름다운 시절도 있고
쓰라린 사연도 있고
눈을 감으면
주마등처럼 스쳐가듯
내 마음속에 언제나
잠자고 있다

되돌릴 수 없는
아니 돌아갈 수 없는
귀한 나의 추억들
잠 못 이루는 밤이면
추억을 소환해서
과거를 돌아본다

인생 열차

모든 사람들의
희로애락을 안고
앞만 보고 달려가는 기차

누구는 삶의 터전으로
어떤 이는 연인과 여행을
누구는 이별여행을
누구는 외로움을 달래려고

무심한 열차는
누구에게도 맘을 주지 않고
앞만 보고 달려간다

우리의 삶도 마찬가지지
내일을 모르고
오늘만 달려간다

정치

정치라는 무대에서
우리는 좌우의 색깔을
넘어서고 싶다
누가 어떤 배역을 맡든 간에
국민이 행복하게
살아갈 수 있다면
그것으로 충분하다
지금 이 나라가 어지럽지만
안정된 삶을 갈망하는
우리의 마음은
더욱 간절하다

아카시아 꽃

아카시아꽃이 활짝 핀
뒷동산에 오르니
그윽한 향기가
온누리에 향수를 뿌린 것 같다

가지마다 눈꽃처럼
햇살에 빛나는 꽃송이들
소담하고 아름답다

향기에 매혹된 산새들은
즐겁게 노래하며
마음을 활짝 열고
모든 연민을 털어내고
순간만을 기억하리
행복한 순간으로

들꽃

아무도 찾아주지 않고
반기지도 않지만
철따라 예쁘게 피어나는
너의 모습은 한 편의 시

작은 잎사귀에 맺힌 이슬
햇살을 받아 반짝이며
묵묵히 하루를 살아가는
너의 고요한 힘이 느껴진다

바람에 흔들리며 춤추고
산과 들을 감싸안는
너의 소중한 존재가
세상의 일부분이 된다

아름다운 너는
그 누구의 정원에도
필요하지 않지만
자신만의 자리에서
묵묵히 빛을 발하고
우리의 마음에 미소를 전한다

정자나무

나그네의 피로를
상큼하게 씻어내는
고마운 나무
푸른 잎들은 바람에 실려
살랑 살랑 춤을 추니
시원히 감싸안고
스르르 꿈나라로 이끈다

농사일의 고된 손길에
지친 농부님들의
쉼을 위한 안식처
불편한 발걸음을 이끌어주는
어르신들의 휴식 공간
동네 꼬마들의
숨바꼭질 장소로 활기차게
삶의 즐거움을 품고
사계절 내내 우리를 보듬어주는
믿음직한 나무여
언제부터 그 자리에
터줏대감이 되었는지는
아무도 알 수 없는 오랜 친구

이팝나무

봄이 무르익고
녹음이 짙어갈 무렵
푸른 잎 사이로
송이 송이 하얗게 꽃이 피었다

활짝 핀 하얀 송이의
요염한 자태가
눈부시게 아름답다

꽃이 많이 피면은
풍년이 든다고 하는데
올해도 풍년일 것 같다
꽃송이가 많을 걸 보니까

해바라기 꽃

보름달처럼
어여쁜 얼굴에
미소 가득 머금고
해를 바라보며
행복에 젖어있는
해바라기 꽃

비라도 올라치면
울상이 되어 고개 숙여 절망하다
해님이 다시 나오면
환한 미소로 인사하는
해님만 사모하는
일편단심 해바라기 꽃

계절을 건너며

개똥벌레

어둠을 밝히는 작은 별
밤하늘을 수놓는 조그만 빛
귀여운 몸짓으로 새벽을 기다린다

손끝에 닿을 듯 아련한 불빛
어디에서 왔을까
너의 따스한 미소는
어둠 속의 희망이야

잠시 머물다 가는
소중한 순간들
잃어버린 꿈을 다시 일깨우는

어둠을 밝히는 한무리의
영롱한 빛이여

밤하늘의 별

별빛이 이제 사라져 간다
별들은 어디서 오는 걸까
하얀 꽃처럼 피어
어둠 속에 숨겨둔
아련한 한을 품고서
소리 없이 반짝인다

별들은 아마도 우리가
알지 못하는
슬픔이 사무치나 보다
저 멀리 깊은 곳까지 가있으니

마음속의 한을
하얀 꽃으로 승화되어
반짝반짝 반짝인다

무심한 구름

아무런 기약 없이
무심히 흘러가는 구름들
어디서 왔다가
어디로 흘러가는가

지나가는 바람이 손짓만 해도
이게 인연인가 하고
미소 지으며
두둥실 떠간다

우리의 인생도
구름처럼 흘러가니
무정한 세월 따라
둥실둥실 잘도 흘러간다

구름

파란 하늘 위에
두둥실 흘러가는 구름들

개구쟁이 아이가
숨박꼭질할 것 같은
몽실몽실 뭉게구름

솜사탕처럼 부드러운
양떼구름

정교한 조각 같은
깃털구름

작은 동산도 만들고
갖가지 모양들을
예쁘게 만들어내는
구름은 못만들 게 없는
재주꾼이고 마술사이다

꿀

달콤하고 감미로운 꿀
별들의 노고에 감사하라
작은 몸짓으로
열심히 일하는 별들
그들의 부지런함에
감탄하지 않을 수 없다

꿀 속에는
다양한 향기가 숨쉬고
음미하면서 달빛의
맛을 느껴보면
별들의 날갯짓에
무심코 빠져든다

봄의 길목에서

봄기운이
미소 지우며 피어나니
목련꽃 봉오리가
부풀어 오르고

햇살은 따뜻한 손길로
얼어붙었던 대지를 감싸고
바람은 소곤소곤 속삭이며
새싹을 깨우는 소리

봄의 길목에서
희망의 씨앗은 피어오르고
우리의 마음도 이렇게
따뜻한 봄빛으로
물들어가야지

봄의 노래

겨우내 추위에 떨었던 날들이 지나
앙상한 가지 위에
온 세상이 꽃으로 만발하네
아름다운 색깔의 어여쁜 꽃송이들
나도 모르게 미소가 지어낸다

살랑거리는 바람에
꽃잎들이 흰 눈처럼 휘날려
이름 없는 화가의 붓이 되어
예쁘게 세상을 그려낸다

꽃잎 속에 숨겨졌던 새순들
환호성을 지르며
힘차게 솟아난다

새들은 화음을 더하고
다람쥐는 재롱부리며
신비로운 자연의 섭리 속에
내년에도 잊지 않고 찾아오겠지
봄이여 영원하라

봄소식

봄 햇볕 속 기별도 없이
살랑이는 바람이 불어와
감미롭게 어루만져
꽃봉오리 피어난다

겨우내 동동대던
동장군이 물러가고
마음에는 하얀 별들이 뜨고
망각처럼 지워지는
지난날의 그리움들

봄이 오고 꽃이 피고
날이 저물어 아침이 오듯
깊은 동면에서 깨어
온 세상 꽃물결로 출렁이면
내 마음도 행복하여라

3월

불어오는 바람이
훈풍의 날개를 달아
부드럽게 만져주니
간지러워 움찔하며
조금씩 기상하는
파란 싹들

밤사이 내린 비로
촉촉하게 적셔주니
고개 들어 쏙쏙
기지개 켜며
힘차게 환호하는
귀여운 새싹들

새싹들아 예쁘게
잘 자라서 꽃도
피우고 열매도 맺어
결실의 기쁨을 만들어보자

목련이 피면

봄의 전령사가 되어
우아한 자태로 피어
하늘을 수놓던
새들은 그 아름다움에
이끌려 날아들었네

간밤의 비가 내리자
슬픔의 무게가 담긴 잎들은
한 송이 두 송이
조용히 마음을 적시듯
살포시 내려앉는다
그 모습 속에
봄의 아쉬움이 배여있네

봄비

대지를 촉촉하게 적시는
봄비 겨우내 움츠렸던
새싹들이 반가워서
환호성을 지르며
온몸을 흔들어댄다

아기 새싹들아
반가워
우리 모두 함께 기뻐해
따사로운 햇살이
너희의 성장에
손을 내밀고
세상의 모든 색깔로
너희를 물들이리니

봄비의 속삭임 속에
희망의 씨앗이 움트고
새로운 시작을 알리는
부드러운 노래가 울려퍼진다

이 맑은 순간
자연의 품에 안겨
우리의 꿈도 함께
튼튼하게 자라나기를
손을 맞잡고 기원해
봄비같이 따뜻하게
서로를 감싸며 나아가자

억새

가을걷이가 끝난
외로운 들판에
고운 은빛으로
무리 지은 억새풀
하늘거리는 그 자태
포근한 그 몸짓

바람에 일랑이는
은빛 꿈속에서
그리움은 피어나고
가을날 서정이
내 맘속에 곱게 물들인다

코스모스

모두가 잃어버린
사연 속에서
푸른 하늘과의
대화를 그리웠던가

하늬바람 불어오는
언덕에 서면
운무 속에 일렁이는
친구들의 모습이
가슴에 스며든다

무엇이 그리웠기에
무엇이 그리워 나를 사로잡았기에
길가에 버려진 나의 넋
그리움으로 채워진다

9월이 찾아오면

푸른 화폭으로 펼쳐지고
하얀 뭉게구름들은
솜사탕처럼 부드럽게
둥실둥실 떠오른다
가을의 문턱에 서서 코스모스의
미소를 그리워하고 귀뚜라미의
노래에 귀기울이고 싶다

가을 그 찬란한 계절은
하루하루가
황금빛으로 물드는 순간
내 마음 속에 낭만의 꽃이 피어나 센티멘털한 꿈에 젖고
행복의 샘이 솟아난다

오월

실록의 계절
푸르름이 넘실대는 들녘
네잎클로버 찾아보며
보리피리 만들어 불어본다

푸르름에 온몸을 적시며
아지랑이 아롱대는
지평선을 보면서
공상의 나래를 펴본다

나물 캐는 아가씨의
해맑은 웃음소리 싱그럽고
송아지와 노니는
어미소의 눈망울이 평화롭다

이 찬란한 행복이여
영원하여라

관악산

푸르름이 넘실대는
초록빛의 향연
산자락에 기대어
그 물결에 취해본다

바람 따라 나부끼는
이파리들
하나하나 비단처럼
윤이 나고 빛이 난다

세찬 혹한에도
끄떡없던 바위들
초록 품에 안겨서
포근하게 잠이 든다

가을 들녘

노오란 황금 바다
바람 따라 물결치고
해님이 춤을 추면
더욱더 빛을 내죠

눈이 부신 참새떼
우르르 몰려가면
허수아비 가족들
같이 놀자 손짓한다

별님이 내려오면
함초롬히 새침 나고
이슬방울 촉촉하게
가을밤은 깊어간다

가을 소식

파란 바다 빛나는 햇님
눈이 부셔 쳐다보니
어디선가 불어오는
소슬바람 시원하구나

밤하늘에 빛나는 별
보석같이 아름다워
가슴속에 묻어두고
소년아 벼 이삭이
노래하는 들녁으로
가을맞이 가자꾸나

가는 길에
코스모스 피었거든
가을 소식 들어보자

사랑의 서시

그대는
나에게 봄볕 같은
따스한 햇살입니다
그대의 미소가
마르지 않는 샘물처럼
내 마음을 적십니다

그대는
나에게 반짝이는
밤 하늘의 영롱한 별
어둠 속에서도 빛나며
나를 이끄는
길잡이 같은 존재입니다

그대는
나에게 심장이 뛰게 하고
하루 종일 미소 짓게 하는
천사입니다
그대의 한마디 한 눈짓이
내 삶의 모든 색을 더해 줍니다

사랑하는 그대

오늘도 그대를 그리워하며
하루를 보낸다
햇살이 비치는 창가에 서면
그대의 미소가
눈앞에 떠오르고

바람이 속삭일 때
그대의 목소리 같아
내 가슴은 두근거려
사랑이 흘러 넘친다

별 들이 빛나는 밤
그대를 꿈꾸며
나의 마음을 펼친다

그대는 나의 노래
영원히 함께 할 우리의 이야기
사랑으로 가득한
별들이 빛나는 밤
그대를 꿈꾸며

삶의 무게

가끔은 어깨가 무겁고
눈빛이 흐려지는 날
부딪힌 세상의 모서리가
가슴 깊이 파고들어

그 무게를 견디는 건
희망의 날개를 펼쳐
어둠 속에서도 빛을 찾고
그리움 속에서 사랑을 기억하는 일

한걸음 내딛는 것이
바람을 느끼는 것처럼
우리가 쌓은 꿈의 무게
그 위에 서서 흔들리네

뜨거운 태양 아래
비 오는 날의 뒷골목
생명의 진리를 담고
서서히 피어나는 아름다움

흔들리는 마음

눈물이 하늘로 흐르고
이런 대접 속에서
이 사람을 두고 떠나야 할까
못하는 이 마음
어찌해야 하나

운명이라는 이름에 묶여
배신당한 사랑에 찬란한
꿈마저 흐릿해져만 가네

이별의 시간 속에서
빛을 잃은 순간들
상처가 되새김질하는 불빛처럼
잊고 싶어도 지워지지 않아
이제는 나 자신을 찾아
다시 일어서야지

게임랜드

나름대로 포옴을 낸
기계들의 공격적이고
애교 섞인 저마다의 아우성
빨간 사과 같이
어여쁜 볼 물들이고
무언 속에 빠져드는
초롱한 눈동자들
적이 되고 아군이 되어
한판 승부를 가린다
푸른빛 머무는 천사의
고운 꿈은 간데없고
꿈속에서도
삭막한 기계와 밤새워 싸운다

불면증

자려고 하면 할수록
멀어져 가는 잠
남들은 매일 습관처럼
잘만 자는 잠
생각을 하는 것도
걱정을 하는 것도 아닌데
무심한 잠은
저멀리 달아나있다
명상 속에 빠져봐도
결국은 그냥 잠이 안온다
눈을 감고. 마음을 비우고
잠을 청해 보지만
자꾸만 눈이 말똥거려진다
이 밤도 이렇게
하얗게 지새운다

절망 고뇌 별리

고독

갈대들은
서로를 감싸안으며
바람 속에 울부짖는다

우리의 삶도
갈대의 속삭임처럼
비슷하지 않을까

나 외롭고
너 외로워
어둠 속 수많은 갈대

고독이라는 이름의 진실을 깨닫는다
이렇게 지나가는 순간들 속에
내가 애써 찾는
작은 의미가 남아있다

번민

하얀 도화지에
그림을 그려본다
글씨를 써본다
그래도 가라앉지 않는
상처난 마음 이 마음이
암흑 속에 갇힌 것처럼
좀처럼 나아지지 않는다

그렇게 긴긴밤을
고통 속에 지새우니
저 멀리
새벽의 여명이 다가온다

눈사람

볼이 빨간 아이가
고사리 손을 호호 불며
동그랗게 동그랗게
만들어 놓은 하얀 눈사람

나뭇가지로 코와 눈도
만들며 귀여운 모자로
멋을 내어 꾸며주고
고단한 아이는
행복한 꿈나라로 접어들고
영하의 날씨에 바람이
씽씽 지나가 외로운
눈사람은 호호 입김을
내쉬며 아이가 다시
찾아주길 기다리고 있다

시계

깜깜한 어둠 속
째깍 째깍 시계 소리
한 치의 오차도 없이
둥글둥글 잘도 돌아간다

시계는 참 부지런하다
하루도 쉬지 않고
똑똑 돌아가고 있으니
그러다 너무 힘이 들면
모든 걸 내려놓고
수면에 들어간다

무심한 주인님
약이 없네 하면서
약을 먹이면
또다시 나의 숙명이야
체념하면서 또각 또각
잘도 돌아간다

절망

외로움 이 사무친다
누구나 인생은 혼자이건만
무언가 손에 잡히지 않는
어둠 속의 마음이 있다
그냥 불안하고 외롭다

여행이 떠나고 싶어진다
여행을 가면은
외롭지 않고 행복해질까
멀리 기차여행
아니면 바닷가 혼자
떠나려니 두려움이 앞선다

행복과 불행이 마음속에
있는 걸 알지만
마음대로 안된다
새벽이 돌아오도록
결론이 안난다
내일이면 나아질까
눈을 감고 기다려본다

겨울바다

쓸쓸한 바다 외로움이 사무치고
철썩찰싹 파도소리가
내 마음을 위로하네

흩날리는 바람이 차가운
손길로 안아주면서
내 슬픔을 덮어주네

하늘은 잿빛 구름이 춤추는
어둠 속에서 나 홀로 서 있네
이 겨울의 기억을 더듬으며

잔잔한 수면에 비친
달빛처럼 고요한 위로의
말이 따스히 내게 다가오며

겨울바다
그 속에서 나를 찾아
외로움과 마음의 평화를
눈물로 승하한다

소금

바다의 품에서 태어난
짜디짠 바닷물
상처를 감싸는 세월의 연고
바다의 눈물이
아픔을 하얀 꽃으로 피우고
모든 식탁의 영혼을 담은
세상에서 가장 귀한 맛
바다의 숨결이자
삶의 소중한 보물

깊은 상처

이 밤은 깊어만 가고
마음은 더욱더 허전하고
너의 눈빛이 차갑게 식어
내 마음을 비수로
스치고 지나가네

사라진 웃음 잊힌 말
하나둘씩 지워진 기억
배신의 그림자에 갇혀
나는 다시 너를 부르네

네가 남긴 상처는 깊어
또다시 날 찾아주면
이 밤의 외로움이 물러가고
따뜻한 사랑의 온기를
되찾고 싶다

장가계 여행

이보다 멋지고 아름다운
곳이 있을까 푸른 신비 감도는
기암괴석 수천 겹으로
펼쳐진 산맥이 마치 신화 속
세상처럼 느껴진다

천문도 하늘로 향하는 문
지상과 천상이 맞닿는 순간
끝없이 펼쳐진 구름 위를 걷는다

발아래 아찔한 유리잔도
깎아지른 절벽과 깊은
협곡이 숨을 죽인다

세상에 이런 절경이 있을까
화려한 도시의 소음도
번잡한 일상도 이곳에서
모두 흐릿하게 멀어진다

바람과 구름과 한몸 되어
잠시라도 자연의 품에
나를 느낀다

밤안개

새벽 강가를 걷는다
고요한 물결 위로
모락모락 피어오르는 안개
숨결처럼 부드럽게
세상을 감싼다

발끝에 닿는 차가운 이슬
조심스레 아침을 깨우고
달빛은 안갯속에 스며
수줍은 은빛 길을 내린다

아득한 저편에서 들려오는
이른 새들의 노래
밤과 아침 그 사이
나는 천천히 안갯속을
함께 걸어본다

드라마

시청자들의 작은 즐거움
예상되는 줄거리에도
울고 웃고 함께
걸어간다 이야기 길을

뻔한 듯하지민 그 속에
숨겨진 우리만의 진심
마음이 흔들리고
눈시울이 붉어진다

드라마는 끝나도 가슴엔
여운이 남아 같이 울고 함께
웃던 그 시간들을 품는다

민들레 꽃

잡초라 불리며
외면받는 너는
아무도 기다리지 않아도
살짝 미소지으며 아침을 맞이하지

누가 반겨주지 않아도
너의 작은 노란 얼굴
햇살 가득 머금고
조용히 세상을 사랑하는구나

바람이 스치면
더 큰 웃음으로 응답하며
오늘도 내일도
소리 없는 노래를 피워낸다

봄날에 그리운 님

아득한 봄
나비 한 마리 날아와
햇살 가득한 들에 내려앉는다

하늘 하늘 피어오르는 상상의 봄길
아련한 고향의 들녘 위
사르르 아지랑이가 번진다

지워질 듯 희미한 고향의 언덕에도
따스한 봄빛이 아롱거리고

온 산에는 진달래꽃 붉게 물들어
꽃의 향연이 가득하다

보고픈 님 맞이하는 축제처럼
마음으로 당신을 맞이한다

이별 연습

만남 속에 숨어 있던
헤어짐이라는 어색한 단어
그저 먼 이야기였는데
이별이 어느새 사실로 다가올 때

헤어짐이 영원한 만남을
약속하는 것이라 믿었건만
차가운 현실 앞에
영원한 이별로 굳어버린 허망함이여

변명조차 없이
슬픈 이별의 단어만을 가슴에 담고
찬 바람 불어오는 가을날
저릿한 이별 연습을 한다

생의 의미

푸른 낭만의 시절은 지나가고
희망의 소리는
저 멀리 메아리조차 남기지 않는다

가을빛마저
그 자태는 무채색으로 바래어
한 줄기 빛도
더이상 나를 적시지 못한다

설야의 고독만이 끝내
내 귓가에 맴돌고 시린
숨결 속에 쓰라린 아픔만이
조용히 흔적을 남긴 채
텅 빈 어둠을 헤맨다

그래도 어쩌면
이 모든 사라짐과 흐릿한
기억 속에서 나는 아직
생의 의미를 아주 작은
숨결마다 묻고 있는지도 모른다

별빛 속으로

초판 발행 2025년 5월 15일

지은이 서인자

펴낸이 이민숙

펴낸곳 오선문예

등록번호 제 2024000028호

주소 서울시 강동구 양재대로

전화 010-3750-1220

이메일 minsook09@naver.com

ISBN 979-11-988410-5-6

값 12,000원